En serio, ¡JUAN Y SUS FRIJOLES SON UNOS HORRORES!
El cuento de JUAN Y LOS FRIJOLES contado por EL GIGANTE
por Eric Braun
ilustrado por Cristian Bernardini
PICTURE WINDOW BOOKS
a capstone imprint

Un agradecimiento especial a nuestra asesora, Terry Fleherty, PhD, profesora de inglés,
Universidad Estatal de Minnesota, Mankato, por su sabiduría.

Editora: Jill Kalz
Diseñadora: Lori Bye
Director de arte: Nathan Gassman
Especialista en producción: Sarah Bennett
Las ilustraciones de este libro se crearon digitalmente.
Translated into the Spanish language by Aparicio Publishing

Picture Window Books
1710 Roe Crest Drive
North Mankato, MN 56003
www.capstonepub.com



Datos de catalogación en publicación de la Biblioteca del Congreso
ISBN 978-1-5158-4653-6 (hardcover)
ISBN 978-1-5158-6088-4 (paperback)

La gente piensa que ser gigante
es fácil. Puedes ser malo, gruñón
y gritón. Eres grande y fuerte.
Tienes un montón de tesoros.

Y nadie, absolutamente **nadie,**
te puede decir que te portes bien.

Ser un gigante no es tan fácil. Es difícil encontrar
zapatos de mi número. Me duelen las rodillas
por el peso de mi enorme cuerpo. Y siempre
tengo hambre. Siempre.

¿Y sabes qué es lo peor de todo? Los *humanos*.

Los humanos son parte de un desayuno equilibrado para un gigante.
Pero si no te los comes, son unos pesados. A veces se ríen
a mis espaldas. Me llaman "apestoso" y "gordinflón". Llaman al timbre
y salen corriendo. Ja ja ja, ¡qué divertido!

Hay un niño que se llama Juan que es el más pesado.
Vino un día, atravesando las nubes, mientras yo
buscaba algo para desayunar. Engañó a mi esposa
para que le diera algo de comer y, después,
se escondió en mi casa. Qué descaro. ¿Acaso
se escondería en la casa de un *humano*?
¡Eso es un crimen!

BIENVENIDOS

Bueno, a mí no me engañó. Podía olerlo.
(Olía delicioso).
A lo mejor huele
a la Cazuela de Niños
que cenamos ayer.

# —¡JO, JI, JE, JU!

—dije, que en idioma gigante significa algo como
"Vuelve a tu casa. Te prometo que no te comeré".

Pero él se quedó en su escondite, el muy bribón.

Después de desayunar, tomé una siesta,
como siempre. Comer me da sueño. Y mientras
dormía, ¡Juan me robó un saco de oro!

Humanos: nutritivos y *astutos*.

Unos días más tarde, Juan regresó. Y, de nuevo,
engañó a mi esposa para que le dejara entrar.

Cuando volví a casa después de desayunar algo ligero,
lo podía oler. Sabía quién era.

# —¡JO, JI, JE, JU!

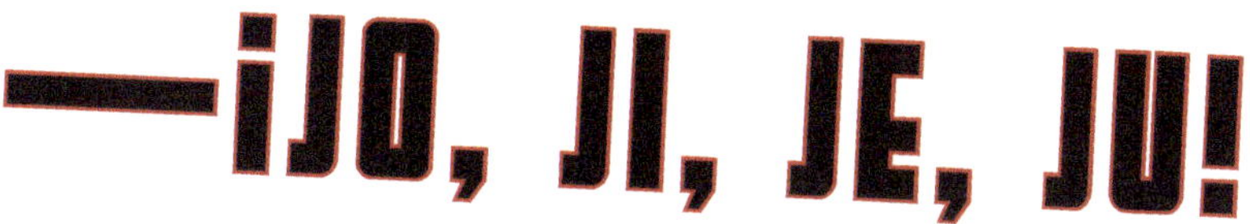

—grité. Que también puede significar:
"Devuélveme mi oro y estaremos en paz.
Te aseguro que no te comeré".

Pero no salió de su escondite.

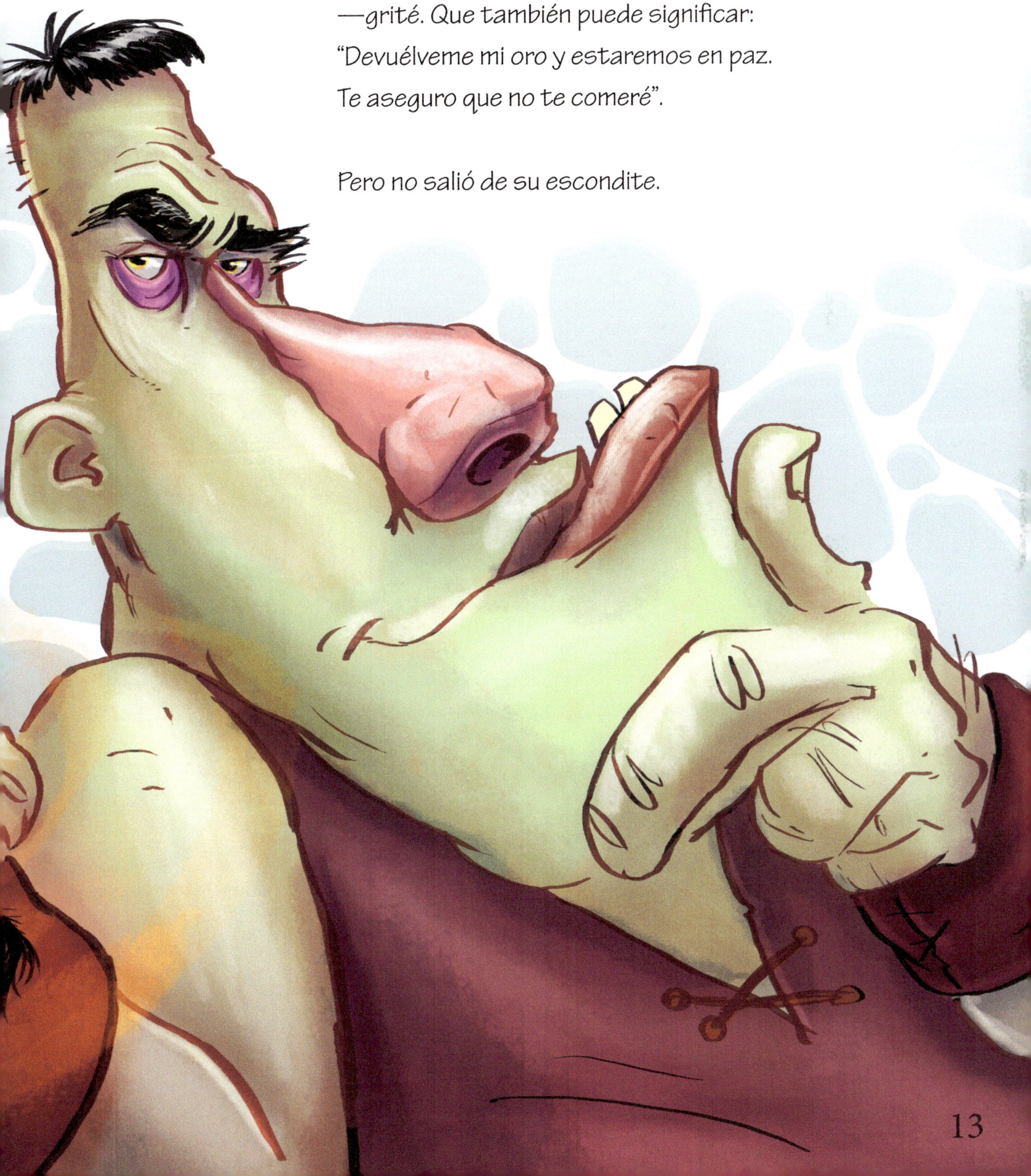

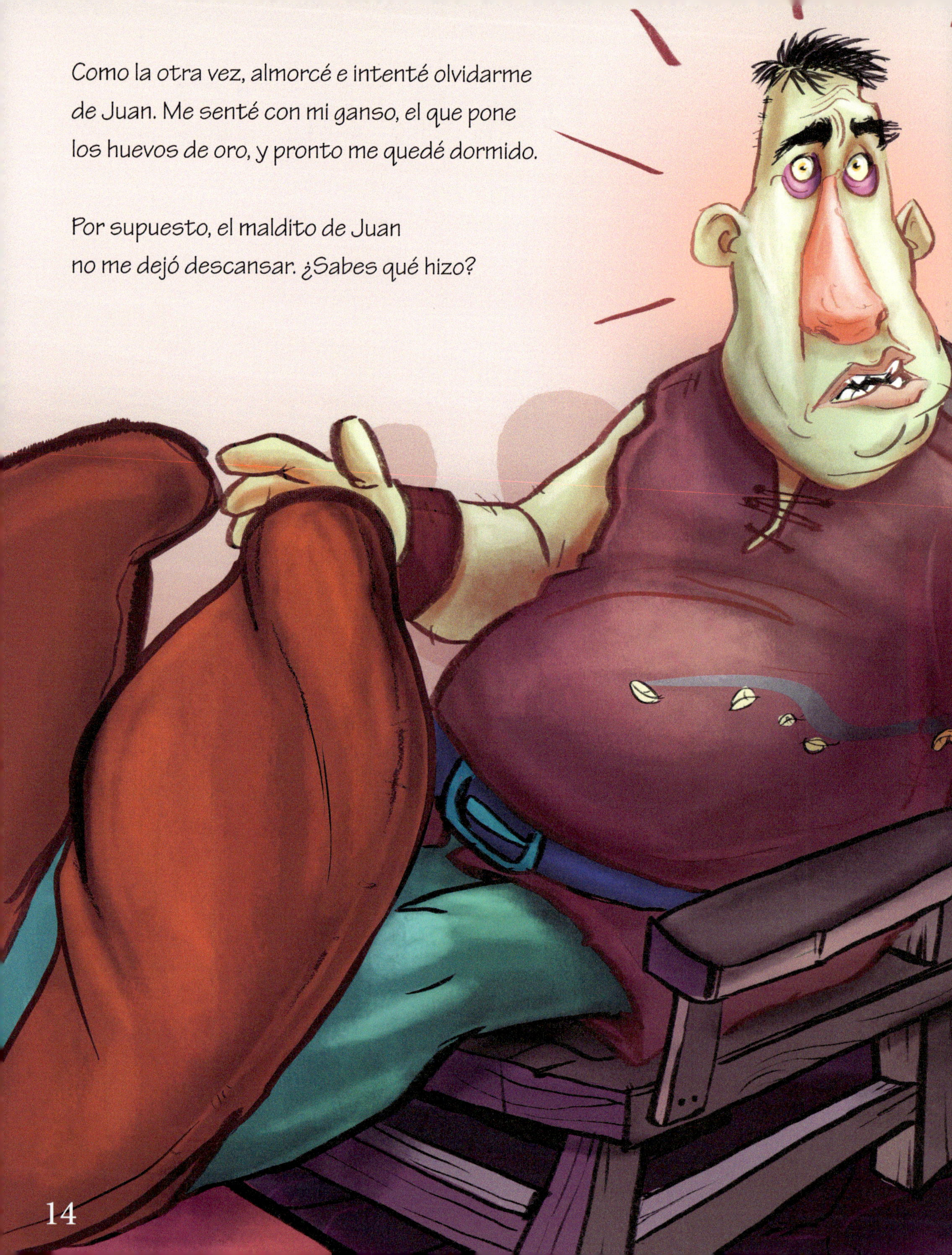

Como la otra vez, almorcé e intenté olvidarme
de Juan. Me senté con mi ganso, el que pone
los huevos de oro, y pronto me quedé dormido.

Por supuesto, el maldito de Juan
no me dejó descansar. ¿Sabes qué hizo?

¡ME ROBÓ EL GANSO, EL MUY BRIBÓN, MALVADO Y HORRIBLE LADRÓN!

La última vez que vino Juan, dije:

# —¡JO, JI, JE, JU!

Que puede significar incluso: "¡Esta vez tengo mucha hambre!".

Mi esposa y yo lo buscamos,
pero no lo encontramos. Yo seguí buscando,
pero enseguida me entró hambre. (Gran sorpresa).

Después de desayunar, me dediqué a oír música.
Mi harpa dorada tocaba para mí y el sonido
era más dulce que un pastel de niño. Cerré
un rato los ojos y conseguí olvidarme de Juan.

Lo siguiente que oí fue mi harpa llamándome.
—¡Jefe! ¡Jefe!
Juan se la estaba llevando. Salí corriendo detrás
de ellos y estaba a punto de alcanzarlos
cuando desaparecieron entre las nubes.

Y de pronto vi una planta enorme de frijoles.
Juan bajaba por el tallo.

Como soy un tipo listo, en cuanto la vi supe
que era peligrosa. No quería bajar por ahí.
¡Para nada! Pero, entonces, mi harpa me volvió
a llamar.

Así que bajé, cada vez más…
El tallo se movía.
Pero seguí bajando.

El tallo tembló una vez, después otra, y se partió.
¡Juan lo había cortado con un hacha! Me caí y me rompí
la coronilla. Esa es una manera anticuada de decir
que me di un buen golpe en la cabeza.

Eso duele, aunque seas un gigante grande y fuerte.

Mi esposa dice que debo olvidarme de Juan. Pero a veces
me asomo por un agujero entre las nubes.

Juan y su mamá se hicieron ricos vendiendo los huevos
de oro. Les fue muy bien. Y Juan se casó. Mi harpa
dorada tocó en su boda. Fue una celebración muy bonita.

Te diré una cosa. Algún día, cuando esté mejor
de la coronilla, pienso bajar ahí y recuperar mis cosas.
Y a lo mejor, de paso, como algo.

# Piensa

Lee la versión clásica de *Juan y los frijoles mágicos* y compárala con la versión del gigante. Haz una lista de algunas cosas que pasaron en la versión clásica que no ocurrieron en la versión del gigante. Después, haz una lista de algunas cosas que pasaron en la versión del gigante que no ocurrieron en la versión clásica. ¿En qué se diferencian las dos versiones?

La versión clásica de *Juan y los frijoles mágicos* está contada desde el punto de vista de un narrador invisible. Pero esta versión la cuenta el gigante desde su punto de vista. ¿Cómo cambiaría la historia si la contara otro personaje desde su punto de vista? ¿Qué pasaría si Juan, la mamá de Juan o la esposa del gigante contaran la historia?

En la versión clásica del cuento, Juan y su mamá son muy pobres y pasan hambre. La versión del gigante no habla de eso. ¿Cómo dejar fuera esta información hace que la historia cambie?

El gigante dice que es difícil ser un gigante. Los humanos lo molestan y él quiere que lo dejen tranquilo. ¿Crees que es verdad? ¿Por qué?

⚜

# Glosario

**narrador**—persona que cuenta el cuento

**personaje**—persona, animal o criatura de un cuento

**punto de vista**—una manera de ver algo

**versión**—algo contado desde un punto de vista determinado

# Busca todos los libros de esta serie:

Créeme, ¡Ricitos es genial!
Honestamente, ¡Caperucita Roja era muy vanidosa!
De veras, ¡Cenicienta es bien pesada!
En serio, ¡Juan y sus frijoles son unos horrores!